LA FAMILLE JACQUEMIN

JACQUEMIN

JEAN-LOUIS

D'ARLES

SA FAMILLE ET SES ŒUVRES

NOTICE

L'étude d'une famille est le meilleur
enseignement du progrès social.

AIX

A. MAKAIRE, IMPRIMEUR - LIBRAIRE
2, rue Pont-Moreau, 2
1866

LA FAMILLE ET LES ŒUVRES

DE

JACQUEMIN

JEAN-LOUIS, D'ARLES

─────────

I

La centralisation parisienne, sous les rapports artistique et littéraire, comme sous bien d'autres, attire à elle toutes les distinctions provinciales. Aussi Paris est-il le foyer de toutes les chaleurs, de toutes les lumières les plus vives. C'est bien, quelquefois aussi, le tombeau de ces précocités hâtives que l'ardeur tue, ou que l'absence d'un haut protectorat empêche de se développer et de mûrir... Dans la capitale du monde civilisé, celui qui s'impose forme une rare exception. C'est de lui qu'on peut dire : « *apparent rari nantes ingurgite vasto*... »

Malgré l'attrait de la métropole et sa grande absorption, la province est loin d'être veuve de beaux talents et de génies du premier ordre : il ne serait pas difficile de l'établir.

Depuis longtemps l'esprit provincial lutte contre toutes les centralisations. Un homme distingué, un publiciste des plus éminents, M. Ferdinand Béchard, dès l'année 1836,[1] dans un

───

[1] *Essai sur la centralisation administrative*, Paris, 1836, Hivert, lib., quai des Augustins.

travail qui causa une profonde sensation, jeta l'une des premières et des plus lumineuses pensées sur la centralisation administrative. D'autres , après lui ,[1] ont remué le même sujet sous
des aspects divers : notons-le pour le présent, comme pour l'a-
venir, sous tous les aspects.

A une époque plus rapprochée de nous, un homme d'Etat, a-
breuvé de bien de déceptions , a écrit en 1861 , sur les effets de
la centralisation, cette juste pensée : « Les gouvernements, en
» France , croulent tous parce que leur faîte est trop chargé et
» que leurs fondements ne sont pas assez solides.[2] »

Ne peut-on pas dire que la bonne littérature croulé parce
qu'elle a , par le même moyen , *la tête trop chargée* et que ses
fondements sont trop faibles ?. . .

Presqu'en même temps, un publiciste démocrate [3] faisait pa-
raître un tavail volumineux et important, fort remarqué , où la
question de décentralisation , de remaniement des circonscrip-
tions administratives , de même que celle du rétablissement de
nos libertés locales, sont traitées avec un véritable talent , quoiqu'avec une partialité regrettable quelquefois contre les temps
qui nous ont précédés et qui , sous beaucoup de rapports , on
doit le reconnaître aujourd'hui, valaient mieux que nous.

On y lit , avec plaisir , les lignes suivantes : « Ce n'est pas,
» sans quelque raison, que les légitimistes comparent, avec
» douleur , l'état intellectuel de la province d'aujourd'hui avec
» les fiers élans qui s'y manifestaient sous l'ancienne monar-
» chie, surtout dans les pays d'Etats.

---

[1] *L'ancien régime et la Révolution* , par Alexis de Tocqueville. —
Une province sous Louis XIV. par Alexandre Thomas.

[2] *De la centralisation et de ses effets*, par Odilon-Barot, Paris, 1861,
chez H. Dumineray, éd., 76, rue Richelieu, page 207.

[3] M. Elias Régnault : *La province, ce qu'elle est; ce qu'elle doit être*,
Paris, 1861, Pagnerre, éd., 18, rue de Seine.

» Malgré les abaissements produits par le terrible niveau de
» Richelieu, malgré la majestueuse oppression de Louis XIV,
» l'esprit de liberté s'était maintenu, affaibli il est vrai, mais
» toujours vivant et prêt à ressaisir l'occasion de recouvrer ce
» qu'on lui avait pris.[1] »

On voit que toutes les centralisations sont attaquées, et avec raison, à notre époque. On se souvient encore du prodigieux effet produit par le manifeste de Nancy [2] qui, lui aussi, a déposé au fond du peuple et du pays une semence qui lèvera à son heure. — Recueillons seulement la pensée profonde de toutes ces manifestations : c'est que la centralisation, quelque éclatante qu'elle soit par certain côté, étouffe le génie national.

Ce n'est point ici le lieu de nous occuper, à fond, de cette vaste et multiple question. Nous n'avons voulu que l'indiquer pour justifier nos regrets d'une part et exprimer, de l'autre, la satisfaction de voir que, malgré l'entraînement excité par toutes les séductions, malgré l'éclat si relevé de tous les succès, il est des natures fortes et admirablement douées qui préfèrent le recueillement et le silence provincial, avec ce qui lui reste de *liberté morale*, au bruit assourdissant de la grande cité, et produisent des œuvres sérieuses et durables au lieu de ces créations éphémères qui effleurent à peine les goûts pervertis ou blasés de notre époque. — Il y a peu de Bénédictins à Paris ! ...

S'il n'y en a point à Paris, il y en a encore, par étrangeté, en province ; et c'est de l'un de ces érudits, de ces savants modestes, à qui la science ne coûte que la peine d'user leurs passions innées sur les parchemins, sur les chartes, sur la poussière de tous les siècles historiques qui nous ont précédés, que nous avons à parler aujourd'hui.

---

[1] M. Elias Regnault, *ibid.*, ch. IV, page 33.
[2] *Décentralisation et régime représentatif*, Metz, 1863, Rousseau Pallez, éd., 14, rue des Clercs.

II

On a généralement peu d'estime pour les biographies modernes. La plupart sont le produit de la vanité, de l'exagération, de l'orgueil. On s'y fait donner des titres qu'on n'a pas, des louanges qu'on mérite peu ; et l'on est fort surpris d'apprendre que telle médiocrité littéraire dont il n'a jamais été question dans un monde sérieux est un personnage distingué, ou que tel autre, par une impardonnable faiblesse de caractère, qui sort de la roture, compte parmi ses aïeux inconnus, des célébrités imaginaires.

Les coteries jouent, à cet égard, un grand rôle dans la capitale. Là, on abaisse, ou l'on élève au gré des passions du jour. La vérité n'est qu'un accident ; l'intérêt est le seul guide. La Bohème littéraire, avec son trivial romantisme, a plus de puissance, quelquefois, que le classique qui représente la légitimité du génie.

Si la province n'a généralement pas ces défauts, elle en a d'autres moins profonds, qui ne valent guère mieux, mais que le temps affaiblit chaque jour. Les préjugés, les routines, les appréciations mesquines, les réticences malveillantes, les non-valeurs qui abondent en tout genre, les demi-valeurs qui pullulent, les coteries aussi (il y en a partout) qui revêtent leur impuissance et leur nullité de l'outrecuidance qui se tait dans son ranflement, et de l'*importance* qu'on siffle en toute occasion ; tout cela grouille mais n'entraîne pas : on en verra bientôt le bout.

Grâces aux temps nouveaux, toutes ces hypocrisies se cachent. Le mérite vrai prend sa place ; et l'exemple que nous venons en offrir, le certifierait au besoin une fois de plus.

Une autre lacune dans les biographies de notre époque, se révèle dans le silence trop souvent gardé, probablement pour cause, sur les générations qui ont précédé, dans la famille, celui dont on raconte les efforts et les succès.

Pourquoi cette réserve, pourquoi ce silence? Pourquoi taire, quand on les connaît, les noms et le passé de ses aïeux?..... Qu'un sot n'ose pas dire, par exemple, que son bisaïeul était un colporteur, un marchand de bric-à-brac, un fripier, un pâtre, un laboureur, etc., etc., on le comprend : la sottise a pour panthéon l'imbécilité; et nous nous en occupons peu.

Mais qu'un homme de sens, de raison, qui sait juger les causes, s'y refuse, cela n'est pas possible. Il sait que nous avons été successivement esclave, serf, émancipé, tiers état et libre; — que l'égalité civile et politique a été proclamée; — que les castes ont été abolies; — qu'un dernier niveau, peu régularisé encore, a été établi par le suffrage universel; — et que l'étude d'une famille, qui s'élève, sous quelque rapport que ce soit, est le meilleur enseignement du progrès social.

Or, quand un homme du peuple, quand un citoyen s'élève au dessus de l'horizon vulgaire, son premier orgueil doit consister à dire quel a été le point de départ des siens, pour juger son propre point d'arrivée. C'est cette pensée, nous devions le dire, qui nous a guidé dans cette notice.

III

Le littérateur distingué, le savant illustre dont nous allons nous occuper dans cette notice, n'a point d'aïeux, s'il est permis de le dire pour laisser à cette expression *d'aïeux* sa grande signification dans la république des sciences et des lettres. Il est,

par une distinction spéciale, le premier de sa race, s'il ne doit
pas en être le dernier,[1] quoiqu'à côté de lui, dans le passé, vien-
nent se grouper les hommes les plus estimables, les citoyens les
plus honnêtes et les plus honorés.

La famille de JEAN-LOUIS JACQUEMIN est étrangère à la Provence où elle vint s'établir dans la première moitié du xviiime
siècle.

Nicolas Jacquemin fut le premier qui sollicita des Arlésiens
le titre honorable de bourgeois de leur cité, à une époque où la
bourgeoisie puissante préparait son avénement à des destinées
grandement épuisées, pour elle, aujourd'hui.

Né dans la petite ville de Dunot, du diocèse de Verdun, Nicolas Jacquemin était déjà fixé à Arles lorsque François Jacquemin, père de *Louis*, vint au monde. — *Nicolas*, attiré dans
le midi par des explorations industrielles et commerciales, fut
séduit par l'éclat du ciel de la Provence, par l'abondance de ses
fruits et la fertilité proverbiale de son sol. Il fut ainsi amené à y
fixer son séjour en faisant d'Arles sa ville d'adoption et en cré-
ant, à force d'économie et de travail, les premiers éléments d'u-
ne fortune uniquement fondée sur le commerce des différents
produits de la localité.

Heureux de l'union qu'il contracta avec Thérèze Nivière,
d'Arles, Nicolas Jacquemin en eut cinq enfants dont l'aîné était
François Jacquemin, né à Arles en la paroisse de St-Martin, le
27 du mois de mai 1754.

François Jacquemin avait un esprit vif, un désir ardent de
connaître et un caractère prédisposé aux aventures. La trempe
d'un tel tempéramment pouvait le perdre ou le mûrir. La pas-

[1] M. Louis Jacquemin n'a pas d'enfant; son nom paraît devoir s'é-
teindre, à Arles, dans sa personne.

sion des voyages le dominait; et, à dix-huit ans, il s'embarqua
en qualité de pharmacien militaire, à bord du *Languedoc*, magnifique vaisséan de guerre, portant le pavillon du comte Hector
d'Estaing. C'est sous le commandement de cet illustre amiral
que François Jacquemin fit la guerre d'Amérique, assista avec
courage à la prise de Grenade, fut l'un des vainçus de Byron et
ne rentra dans ses foyers qu'après avoir mérité, par la rare é-
nergie de sa conduite et de son caractère, l'estime du corps entier des officiers.

Très-avancé dans la culture des sciences naturelles dont un
religieux de Mont-Majour lui avait révélé les vrais principes,
François éleva, alors, à Arles, une pharmacie dans le quartier
de Latour-de-Fabre, travailla avec autant de zèle que de passion
à sa renommée et ne tarda pas à devenir le premier parmi ses
égaux.

Ce ne fut qu'en janvier 1784 que François, resté jusque là
célibataire, songea sérieusement à se donner une compagne et
qu'il choisit pour épouse *Rose Johannem*, fille de Joseph Johannem, maître boulanger, et de Thérèse Tourame, tous deux
fort aisés. — A l'époque de ce mariage, Nicolas était décédé
depuis 1782.

Femme accomplie, Rose Johannem devint comme l'étoile qui
éclaira les destinées de François Jacquemin. Autant qu'elle le
put, elle se consacra à la félicité de celui qui fesait la sienne.
Belle parmi les plus belles dans un pays renommé par l'éclat de
son sexe, élégante sans emphase, à la mode de l'époque sans ba-
nale prétention, aussi remarquable par ses vertus que par la
distinction toute particulière de ses manières, elle donna successivement le jour à cinq enfants.

Toujours gracieuse et souriante, Rose était, au milieu de ses
amies, une femme supérieure. Personne mieux qu'elle, pour le

dire en passant, ne portait le manchon de satin, la plume sur
l'oreille, la croix de malthe autour du cou, les mitaines à dentel-
les et le jonc à pomme d'or, costume du temps; Rose était ai-
mante et faite pour être aimée, adorée. Elle le fut par celui dont
le cœur n'avait qu'un horizon toujours rempli de félicités pa-
ternelles. Ce ciel si par se rencontre peu au temps où nous vi-
vons.....

Un jour lugubre se leva pour ces époux bénis que les passions, de quelque nom qu'elles s'appellent, devraient toujours
respecter. C'était le 1er janvier 1790... Une émeute populaire
fait une irruption nocturne dans le domicile des époux Jacquemin. François était un suspect!... Horrible temps!! plus horrible loi!!! — Son épouse était en mal d'enfant; l'émotion la
plus cruelle la saisit et elle succombe, en quelque instants, sous
les yeux de son époux, de terreur et dans d'affreuses convul-
sions. L'enfant fut cependant sauvé.[1]

Ah! gardons-nous de rappeler, à cette occasion, les *Monai-*
diers[2] et les *Giffonniers*,[3] deux clubs dont l'un était le sym-
bole du passé et dont l'autre représentait l'avenir! Ne réveillons
aucun de ces souvenirs qui puissent blesser les aspirations des
uns ou condamner les sympathies des autres. L'époque, soumise
d'une part à l'obéissance qu'elle regardait comme un devoir, ex-

---

[1] L'enfant, venue au monde au milieu de toutes ces douleurs, fut
baptisée le 2 janvier 1790 et reçut le nom de *Jeanne*. Celle-ci a eu trois
enfants; elle est décédée ne laissant qu'une fille. — A cette enfant du
nom de *Jeanne*, issue du premier mariage de *François*, il faut ajouter
Rose Jacquemin, morte en bas âge, Jeanne Jacquemin et Charles Jacquemin. Ce dernier est mort dans un voyage qu'il fit en Espagne.

[2] On appelait ce club du nom de *monaidier* parce qu'il tenait ses séan-
ces dans la rue de la *Monnaie*; c'était le club des patriotes.

[3] Les *Giffonniers* tiraient leur nom du chanoine *Giffon* dont l'habi-
tation servait aux réunions des royalistes.

citée, de l'autre, par des excès dont elle avait le droit de demander paisiblement la réparation, était tourmentée par un malaise
social qui appelait vainement des remèdes, et que de tardifs pal-
liatifs n'ont pu ramener à des sentiments plus réfléchis.... —
Combien de fois, l'autorité, depuis ces temps exceptionnels, n'a-
t-elle pas changé de nom ? Et, après plus de 70 ans, l'agitation
continue ? Est-elle près de finir ? Il est permis d'en douter encore longtemps.....

Quelques années après, François Jacquemin convola à de se-
condes noces. Il épousa Marie-Madeleine-Dorothé Arnaud, fille
de Jean-Noël Arnaud, professeur d'éloquence au collége d'Avi-
gnon, et de Louise-Antoinette Gérard. Il eut de ce second mariage quatre enfants, parmi lesquels il faut distinguer *Auguste
Jacquemin*, né le 7 décembre 1808.

Auguste était d'une beauté remarquable et d'une intelligence
hors ligne. Petit de taille comme son père, blanc et rose comme
lui, il avait la phrase vive et colorée, une charpente robuste et
un cœur qui le faisait aimer de tous. Jamais jeune homme n'a
fait concevoir de plus brillantes espérances d'avenir sous tous
les rapports.

Envoyé à Montpellier pour y étudier la médecine, il y devint
bientôt l'ami et le protégé de M. Marcel de Serres qui s'en faisait accompagner dans ses voyages d'explorations géologiques.
Il y tomba malade ; et malgré toute la force d'un tempéramment
des plus solides, il vint s'éteindre, à Arles, au milieu de sa famille désolée, le 1er août 1828 ; il avait à peine vingt ans ! Trop
prompte au gré de tous, sa mort fut un grand deuil parmi ses
condisciples et ses amis. Ses connaissances médicales précoces,
son aptitude peu ordinaire devaient, de l'avis même de ses professeurs, en faire, en peu de temps, l'un des plus glorieux adep-
tes de l'art hypocratique.

Désireux de fixer au nom d'Auguste un souvenir durable, M.

Marcel de Serres lui dédia une nouvelle espèce de *Bulime*, qu'il appela lui-même *Bulimus Jacqueminii*.[1]

IV

JEAN-LOUIS JACQUEMIN est né à Arles le 11 juillet 1797. Son éducation fut d'abord confiée à Jean-Noël Arnaud, son grand-père maternel, qui l'environna des soins les plus intelligents, les plus affectueux et les plus tendres.

Formé à toutes les difficultés des langues latine et grecque, *Jean-Louis* vint terminer ses études au collége de sa ville natale, où de savants professeurs achevèrent son éducation dans des conditions aussi brillantes que solides.

Des goûts précoces pour l'archéologie se révélèrent dans le jeune Louis. Il en devait sans doute le développement à la lecture de Spon, de l'abbé Barthélemy, de Montfaucon, de Morelly et de Vaillant ses auteurs préférés. L'étude des sciences naturelles avait aussi pour lui un attrait irrésistible. Son ardeur, à cet égard, fut encore accrue par de longs et fatiguants voyages, accomplis en compagnie de personnages de distinction, tels que le général Dufour, le docteur Mayor, Coindet, Dumas qui a été ministre, Necker de Saussure, Deluc et nombre d'autres notabilités savantes ou simplement curieuses.

---

[1] Les autres enfants, nés du second lit, sont : 1° Thérèze Jacquemin, née le 19 janvier 1796, mariée en 1821 à André Brunat, négociant, dont elle resta veuve en 1841. Elle a elle-même succombé, le 20 octobre 1865, sous l'influence de l'épidémie cholérique. Thérèze était chérie et estimée de tous par ses vertus et son inépuisable charité. — 2° Jeanne-Charlotte-Pauline Jacquemin, née le 26 septembre 1801. — 3° Enfin Jean-Louis Jacquemin, dont il va être parlé.

Louis Jacquemin arrivait de Genève où il avait passé plus de cinq ans (de 1816 à 1821); et de Genève il s'était rendu à Paris.

C'est dans la capitale que notre ardent touriste eut le bonheur de se lier d'une étroite amitié avec Kuntz, Rose-de-Berlin, Persoon, Hornung et Guillemin, et enfin avec le professeur Achille Richard, qui le pria de lui venir en aide dans la mise en ordre des précieuses collections d'herbiers de M. Benjamin de Lessert, auxquelles il travaillait.

Quelles plus belles occasions pour Jacquemin, à peine âgé de vingt ans, pour se fixer dans la capitale, y profiter non-seulement de tous les trésors artistiques et scientifiques qui lui étaient offerts, mais encore pour user, sans effort, de toutes ces bienveillances, de toutes ces protections, de toutes ces amitiés qui s'offraient, qui venaient d'elles-mêmes! Mais il n'y pensait même pas. Il avait fait un long séjour à Genève et dans les cantons voisins pour s'instruire; il s'était dirigé vers la capitale pour achever de remplir son trésor.

Mais, pour une âme, comme celle de Jacquemin, Paris était, ce qu'Athènes était pour un citoyen de Rome, l'Egypte pour un citoyen de Sparte ou d'Athènes, une école pour élever la pensée et y découvrir des horizons nouveaux. Mais Paris n'était point une patrie pour lui! Il lui préférait les bords majestueux du Rhône, les splendeurs éteintes de sa cité, les souvenirs de son berceau, le beau soleil de sa Provence, « *cette gueuse parfumée,* » ainsi que l'appelait Mme de Sévigné. On ne saurait lui en faire un tort. Ah! ne blâmons pas l'amour de la province! C'est cet amour qui nous sauvera....

Jacquemin rentre donc dans Arles en 1822 avec un riche butin qui ne sera perdu ni pour lui, ni pour son pays.

Marié en 1822 à l'une des personnes les plus recommandables, Pauline-Marthe Beuf, tenant, par les Laugeret, à une ancienne famille bourgeoise et consulaire, Louis Jacquemin succéda à son père dans la profession de pharmacien, qu'il n'a cessé d'exercer que vers le milieu de l'année 1866.

La ville d'Arles, au temps de l'invasion romaine, a été l'une des cités les plus importantes du midi des Gaules. La faveur qu'elle reçut des empereurs romains, son théâtre, son amphithéâtre, son cirque, son forum, les temples nombreux dédiés aux divinités payennes, le palais impérial, etc., rappelaient, aux dimensions près, presque tous les édifices publics de la grande métropole de l'univers. Aussi a-t-on pu dire : « *Gallula — Roma — Arelas.* »

La déchéance qu'Arles a soufferte, par et depuis les invasions barbares, jusques aux xiime et xiiime siècles, a peut-être accru l'intérêt qu'elle inspire et que révèle cet autre proverbe : « *Arles en France !* » Oui, Arles est la cité de notre France moderne la plus curieuse à étudier, la plus intéressante à connaître. Un homme d'étude, un ami des grands souvenirs peut y rencontrer les délassements les plus instructifs et y méditer sur l'abaissement de toutes les grandeurs...

Il y a trente ou quarante ans, l'état des connaissances archéologiques dans Arles était alors réduit au peu qu'en avaient conservé les traditions, c'est à dire qu'on ne savait sur nos vieux édifices que peu ou rien qui valut la peine d'en parler.[1]

Peu avant s'était levé, dans notre cité, un homme grand par

---

[1] La ville d'Arles compte dans Rémusat, Agard, Rebattu, Peïlhe, Lantelme-de-Romieux, des archéologues estimables, mais dont aucun n'a donné de nos monuments une idée qui permît de les apprécier. Le trinitaire Dumont a laissé aussi un travail incomplet et plein d'erreurs.— Lalauzière n'a fait qu'un inventaire; son livre n'a de précieux que les dates — La *renaissance* de nos monuments date donc de la mairie du baron de Chartrouse; leur histoire n'avait pas eu d'interprètes plus dignes d'être cités, avant Jacquemin, que Clair et Estrangin : justice pour tous !

l'intelligence, le savoir et l'enthousiasme de tous les arts, grand
par le caractère et l'énergie du bien, grand par la fortune, le
baron Laugier-Chartrouse *l'ancien*, d'impérissable souvenir.
Arlésien dans l'âme, doué d'une volonté à laquelle il était difficile de résister, il eut la profonde pensée de rendre comme le
soleil à ces ruines ensevelies, à ces chefs d'œuvre de l'art antique déshonorés par une ignorance impie, et de refaire ainsi, autant que cela pouvait être possible « cette Arles, la Rome des
Gaules, » qui depuis, au grand avantage de la science comme
des intérêts de sa ville natale, devait attirer dans nos murs tous
les savants et les curieux de l'Europe.

Ces ruines majestueuses, déblayées, attendaient un historien
qui ressuscita leur voix si longtemps muette.

Cet homme fut Louis Jacquemin. L'apparition de son *Guide
du voyageur*, en 1835, fut une véritable révélation. A l'intérêt
attaché à ces précieux souvenirs, si l'on ajoute le ton chaud et
méridional de l'écrivain, on rencontrera une œuvre qui charme,
qui instruit et qu'on relit encore après l'avoir savourée.

On voudrait, dans le *Guide du voyageur*, un peu plus d'ordre, une classification mieux ordonnée, un style toujours soute-
nu, parce que son style vous habitue à l'enthousiasme du passé.
Mais, pour se rendre compte de ces inégalités, il faut être au
courant des habitudes et du faire de l'auteur, au milieu des ar-
deurs de sa brillante jeunesse : car il était jeune encore en 1835;
et, depuis, six lustres se sont ajoutés à ceux qui pesaient déjà
sur lui.....

Jacquemin n'a jamais travaillé que par goût; et il ne songeait
pas à produire. Nature spirituelle, insouciante et facile à la fois,
il voulait savoir, mais pour lui, sans cesser de prodiguer à son
entourage, avec le feu de son imagination provençale, les trésors par lui entassés.

Mais il avait à côté de lui une nature persévérante et forte

qui lui disait sans cesse : « à votre tour, mon jeune ami re-
» donnez la vie à ces fossiles gigantesques que j'ai découverts !
» ressuscitez ces pétrifications ! rendez le souffle à ces majes-
» tueux débris, et que, par vous, la science historique soit re-
» trouvée !... »

Ce langage de l'admirable de Chartrouse pénétra le cœur de
Jacquemin sans trop changer ses habitudes. Il obéit ; mais en
obéissant à lui-même par amour pour son pays, autant que pour
la science dont il était l'*esclave déditice*. Il écrivit..., mais en
jetant, une à une, les feuilles volantes de son *Guide* à un imprimeur du meilleur souvenir, Joseph Garcin, dont les presses
attendirent longtemps les matières promises. . — Ces choses
ne se disent pas d'habitude ; mais je ne me fais aucun scrupule
de les divulguer, parce que c'est vrai et que j'ai été à même de
saisir plus d'une fois cette vérité sur le fait. — De là, l'ordre
moins parfait dans la classification et les négligences que nous
avons signalées, négligences qu'il aurait facilement réparées si
une deuxième édition, ardemment désirée, eût été faite. Mais
comme Jacquemin n'a jamais spéculé sur ses œuvres, chose assez rare de nos jours, il n'a pas voulu s'imposer ces nouveaux
frais.

Ce qui distingue et met particulièrement en relief *ce Guide
du voyageur*, c'est ce que j'en ai écrit, en novembre 1853, [1]
et que je me plais à rappeler ici :

« M. de Chartrouse trouva la ville d'Arles, en 1825, à peu
» près telle que l'avaient faite les guerres et les dévastations
» des temps les plus reculés. Il comprit de suite que les ruines
» d'Arles étaient ses seuls trésors, mais qu'il fallait les extraire
» des décombres où l'ignorance, je dirai presque la barbarie,

[1] *Notice sur la vie et les travaux de Jean-Julien Estrangin*, Arles,
1853, Serre, édit., page 24.

» les tenaient ensevelies... — De là, les démolitions qu'il fit
» opérer, des masures nombreuses qui remplissaient les arènes
» et les fouilles importantes qu'il fit pratiquer au théâtre. De
» là, aussi, le goût universel pour l'antique et l'émulation qui
» se manifesta au sein de la commission archéologique dont
» chaque membre, à ce qu'il paraît, se crut obligé de justifier
» le titre dont il avait été honoré. — Jacquemin, membre de
» cette commission, a écrit, le premier, le seul ouvrage qu'on
» ait, jusques à lui, pu lire avec fruit sur les antiquités d'Arles.
» Il a le double mérite d'avoir parlé en homme érudit et en ar-
» tiste de nos ruines que l'Europe artistique ne cesse de visiter,
» d'avoir le premier retrouvé les traces du Forum et créé, pour
» ainsi parler, notre amphithéâtre et notre musée lapidaire par
» sa description savante et émouvante à la fois. tel est son mé-
» rite, et il est grand ; ce qui peut y ajouter encore, s'il est pos-
» sible, c'est le ton chaud de l'auteur qui ne pouvait être sur-
» passé que par lui-même dans sa magnifique monographie de
» l'amphithéâtre d'Arles. »

Dès ce moment, Jacquemin se trouve, comme à son insu et
malgré lui, lancé dans les hautes études archéologiques ; ses
goûts vont se changer en passion ; et reprenant son premier travail en sous œuvre, il nous donnera, non de suite mais après
dix années d'études constantes et sérieuses, *la Monographie de
l'amphithéâtre d'Arles*. Cet ouvrage forme deux volumes in-8°,
il a paru en 1845.

Ce livre, on peut le dire, est le dernier mot sur nos arènes. L'auteur ne s'y est pas borné à des détails arides et secs.
Il y a fait de l'archéologie comparée et a rendu son travail
plus saisissant encore par les récits pleins de vie, d'émotions et
de ces serrements d'âme qu'on éprouve à la lecture historique
des amusements de ce peuple dont les jeux sont des boucheries, et les joies du sang humain dans lequel il se désaltère à
longs traits. . . . .

Ce nouveau succès obtenu, Jacquemin ne se repose pas. Sa profession lui laisse des loisirs et il les met à profit dans sa délicieuse villa *de la Jansone*. Pas un instant n'est perdu et il lui semble, à la grandeur de la tâche, qu'il n'aura pas le temps de l'achever. Il s'agit, ici, de ce que j'appellerai le chef-d'œuvre de Louis Jacquemin, de sa *Monographie du théâtre d'Arles*, en deux volumes in-8°, qui a paru en 1863, après plus de vingt ans de recherches et d'études.

La tâche était lourde en effet pour un auteur qui ne voulait pas, à cet endroit comme en d'autres, recopier le résumé de son *Guide*, mais nous apprendre ce qu'étaient les théâtres de Rome et d'Athènes, pour nous faire comprendre tout ce qu'avait d'intéressant notre passé. Occupé toute sa vie de la littérature grecque et romaine, il nous en a fait le tableau le plus saisissant. Les jeux scéniques de Rome y sont retracés avec ampleur. Nulle part la figure de Néron, cet empereur comédien, n'a été buriné avec plus de talent et de vérité.

C'est ce magnifique travail, chant du cygne de l'auteur, accueilli avec tant de sympathie par les savants, qui a rencontré un Zoïle anonyme ! Oh ! jalousie humaine, tu as pris ta véritable enveloppe, celle de l'obscurité qui te voile et de la honte qui cache le *rictus* contracté de ce *Melitus* local !..... Il en a été fait prompte justice.

Achevons l'énumération des divers travaux de Jacquemin qui, sans avoir la même importance que ceux qui précèdent, ne méritent pas moins d'être lus et consultés. Ce sont : 1° un essai historique sur les hospices d'Arles, publié en 1844 ; — 2° un essai de statistique sur Arles et son territoire, qui a paru en 1849 : ce travail, inséré en entier dans le recueil de la société de statistique de Marseille, a été couronné d'une médaille d'or par cette société ; — 3° des biographies savantes insérées dans le *Plutarque provençal* et notamment celles de Balechou, de Roullet, graveurs, et de Julien Clément, fameux médecin ; —

4° enfin de plusieurs rapports fort étendus sur l'état actuel de nos monuments.

Il est un travail plus considérable par la rédaction et peut-être par les recherches que ceux que nous avons énoncés et dont Jacquemin a fait l'objet des occupations de toute sa vie ; nous voulons parler de *l'Histoire d'Arles* depuis les temps les plus reculés jusqu'à nos jours. Cette grande tâche est avancée ; plus de dix volumes, à peu de choses près, en sont prêts. Nous avons été admis à parcourir quelques-uns des cahiers de cette œuvre de premier ordre et nous nous sommes empressé de donner le conseil d'en publier les premières parties complètes ; il a été impossible de vaincre la résistance de l'illustre auteur, qui veut, avant tout, que « le commencement et la fin répondent » au milieu. » Faisons les vœux les plus ardents pour que M. Jacquemin puisse achever bientôt son imposant travail, qui refait Anibert, y ajoute et le complète. Il serait désolant que tant de veilles et de recherches fussent perdues pour une cité, qui a vainement attendu jusqu'à ce jour un travail entrepris par le seul homme de notre époque capable de le mener à fin et qu'un fatal évènement vint ajourner nos souhaits les plus ardents. Mais, nous espérons ; et Dieu ne permettra pas que nos espérances soient douloureusement trompées.

V

Nous n'avons pas voulu scinder la partie bibliographique de cette notice et la mêler à des actes qui sont un reflet de l'estime générale dont n'a cessé de jouir, aux yeux de tous, M. Jean-Louis Jacquemin. Nous venons, ici, remplir cette lacune et rappeler, en revenant rapidement sur nos pas, tous les témoignages qu'il en a reçus.

Après son retour dé Suisse , retour salué de tant d'acclamations par ses nombreux amis ; après son mariage célébré en 1822, Jacquemin fut, par ordonnance royale du 27 décembre 1829 , nommé premier adjoint de M. le baron de Chartrouse, maire d'Arles. C'est, pour nous, le cas de répéter ici, avec autant de bonheur que de vérité, en tenant compte de la différence des petites choses aux grandes : « Mécène avait son Auguste. »

Avec son intelligence d'élite , M. Jacquemin , ainsi appelé à conduire, par occasion, les affaires de la cité, ne pouvait pas permettre qu'on le surprît en défaut. Aussi fut-il bientôt au courant des lois, de la jurisprudence et de toutes les pratiques dont la connaissance est indispensable en pareil cas.

Aussi, M. de Chartrouse, qui s'y connaissait, ne tarda-t-il pas à le charger successivement des fonctions délicates d'administrateur des hospices. Plus tard il fut investi de l'administration du bureau de bienfaisance, et, en 1846, de celle du collége.

Jacquemin était poussé partout, sans qu'il fît jamais rien pour le demander , tant sa supériorité était évidente et marquait sa place en tout lieu. C'est ainsi qu'il fut désigné comme membre du comité d'instruction primaire supérieure , délégué cantonal pour la surveillance des écoles, conseiller municipal depuis plus de trente ans et jusqu'à l'époque (1865, juillet) où l'œuvre rénovatrice et réformiste s'est opérée et accomplie.

En dehors de la cité , le nom vaillamment connu de Jacquemin , qu'on nous permette de le dire , l'avait depuis longtemps fait désigner comme *correspondant* du ministère pour les travaux d'histoire , comme membre de l'*Institut historique de France* qu'on a nommé *Polytechnique*. Les Académies des *Arcades* de Rome , de Nîmes, de Marseille, de Mâcon, de Genève, de Toulouse , de Poligny-en-Jura et de Béziers lui ont, tour à tour, ouvert leurs portes.

Membre et secrétaire perpétuel de la commission archéologique d'Arles , dont plusieurs mairies lui ont confié la direction, conservateur de notre riche musée lapidaire et de nos monuments, associé des plus actifs de la société de statistique de Marseille qui , sur le rapport de l'honorable M. Penon , l'a honoré d'une mention des plus distinguées à l'occasion de son dernier ouvrage (la monographie du théâtre); de la société d'histoire naturelle de Paris, de celle des sciences physiques, chimiques et arts industriels de la même ville , rien n'a manqué aux satisfactions que Jacquemin pouvait désirer , lui , qui n'a jamais aimé que la science et son culte , la paix dans la solitude qu'il s'est créée et le bonheur de vivre au milieu d'un cercle d'amis qui l'aiment si profondément et qui l'estiment de même, et ne recherchant d'autre distinction que celle que donnent une âme honnête et un cœur dévoué.

Faut-il ajouter encore, en finissant, que le ministre de la maison de l'Empereur et des beaux-arts ; M. le maréchal Vaillant, non-seulement a voulu honorer l'auteur d'une souscription personnelle à sa dernière monographie, mais qu'il a bien voulu désigner celle-ci comme devant entrer dans toutes les bibliothèques des résidences impériales. De son côté, la société impériale des antiquaires de France , dont le siége est au Louvre , a bien voulu, à cette occasion, désigner M. Jacquemin parmi ses correspondants.

Jacquemin est un de ces archéologues persévérants qu'anime l'amour éclairé du sol natal; comme on vient de le dire , il a passé une grande portion de sa vie à retrouver la physionomie romaine de la ville d'Arles , et récemment M. le ministre de l'instruction publique a récompensé ses travaux par le titre d'officier d'académie.

Quatorze lustres pèsent sur la tête de notre illustre compatriote et ne l'ont point frappé de caducité. Les travaux et les veilles n'ont pu altérer cette belle intelligence. La tête et le cœur ont conservé toute la chaleur et les élans de l'âge mûr. Son galbe heureux, aussi distingué que sympathique, reflète son âme tout entière. Communicatif, bienveillant, aimant et aimé, il traverse son automne, qui est presqu'un été, au milieu d'un cercle d'amis qu'il ne cesse de charmer et d'instruire. Chaque jour il bénit les résolutions de sa jeunesse, qui ont mis son existence comme sa plume à l'abri de toutes les tempêtes de la métropole. L'indépendance de son caractère et celle de sa fortune se sont providentiellement et merveilleusement associées pour laisser à cette intelligence élevée toute la liberté de ses élans à la fois littéraires et patriotiques.

Que la cité, qui fut le berceau de Jacquemin et qu'il aime de tant d'amour, s'en félicite à jamais. Elle doit à ce noble caractère des travaux de premier ordre, et, à ce titre, impérissables; elle compte, en lui, l'une de ses plus pures illustrations; et Jacquemin, par ses œuvres, est entré dans le plus riche patrimoine littéraire et scientifique de la cité.

Arles-sur-Rhône, 3 novembre 1866.

FRÉDÉRIC BILLOT.